Uległy Bibliotekarz

i inne historie

Erika Sanders

ERIKA SANDERS

Uległy Bibliotekarz i inne historie

Erika Sanders
Seria
Dominacja i erotyczna uległość

Streszczenie

5

Uległy Bibliotekarz to powieść o silnych treściach erotycznych BDSM i z kolei nowa powieść należąca do zbioru Erotic Domination, serii powieści o dużej zawartości romantycznej i erotycznej BDSM.

(Wszystkie postacie mają ukończone 18 lat)

Uwaga o autorze:

Erika Sanders to znana na całym świecie pisarka, tłumaczona na ponad dwadzieścia języków, która swoje najbardziej erotyczne, odbiegające od zwykłej prozy pisarstwo, podpisuje panieńskim nazwiskiem.

Indeks:

ULEGŁY BIBLIOTEKARZ I INNE HISTORIE
ERIKA SANDERS

ULEGŁY BIBLIOTEKARZ

13

„Proszę pani, czy byłaby pani tak miła i pokazała mi, gdzie są książki erotyczne?" – odezwał się za mną męski głos.

Zamarłem, trzymając palce na klawiaturze komputera.

Na chwilę zamknąłem oczy i przełknąłem.

Poczułem, jak napinają się dolne mięśnie we mnie.

Poczułam, jak moje sutki twardnieją pod satyną stanika.

To nie były jego słowa, to był jego głos.

To właśnie mi zrobił.

Słuchałem go nadal, nawet teraz, gdy zamilkł, i obudziło to we mnie pragnienie tak bardzo potrzebnego wyzwolenia.

To było bardzo gładkie.

Jak trufle z białej czekolady, moje panaceum, spływające po gardle.

Głęboko, tak jak wtedy, gdy...

Wziąłem wdech i powoli wypuściłem powietrze, zaciskając palce, próbując utrzymać równowagę.

– Chętnie panu pomogę, proszę pana.

Wydałem z siebie ciche, ale słyszalne westchnienie i charakterystyczny jęk.

Kiedy się odwróciłem, usłyszałem własny, gwałtowny oddech.

Stał po drugiej stronie recepcji, w okularach przeciwsłonecznych wciąż na nosie, a jego jędrne usta lekko drżały.

Zdałam sobie sprawę, że chcę się uśmiechnąć.

Prześledziłam oczami linie jego czerwonych wąsów i bródki, wysuwając język, by polizać dolną wargę, nawet gdy próbowałam oprzeć się temu ruchowi.

– Książki erotyczne, proszę pani?

Podniosłem wzrok, wyobrażając sobie, jakie pomysły krążą mu po głowie.

– Tak, proszę pana, tędy.

Obszedłem ladę, kolana mi się lekko trzęsły.

Zatrzymałam się, żeby odzyskać równowagę, przeklinając siebie za założenie dzisiaj czarnych szpilek.

Zejście po schodach na niższe piętro byłoby dla nich piekłem.

Gdy szliśmy w stronę sekcji referencyjnej, poczułam za sobą ciepło jego ciała.

Trzymałam ręce po bokach, chcąc go dosięgnąć.

Pragnę być na swoim miejscu za nim i pozwolić mu się prowadzić.

Zachowałem jednak zawodowy spokój i zacząłem przeglądać półki z encyklopediami.

„Najpierw panie" – powiedział, gdy dotarliśmy do wejścia prowadzącego na piętro niżej.

Przewróciłam oczami, wiedząc, że on ich nie widzi.

Ale część mnie chciała, żeby to zrobił.

Stłumiłam chichot i chwyciłam się poręczy, rozpoczynając powolne zejście w dół.

Mogłam być złą dziewczynką, kiedy tylko chciałam.

– Czy szukał pan czegoś specjalnego, sir?

„Sekcja o romansach erotycznych. Napisałam imię, którego szukam, na kartce papieru. Zobaczę, czy uda mi się je znaleźć".

Dotarliśmy na sam dół bez wypadku, choć dwukrotnie zahaczyłem piętą o krawędź wąskich, metalowych stopni.

„Nowe czy używane, proszę pana? Reszta nowych książek w miękkiej oprawie też jest tutaj przechowywana. Po prostu trzymamy je na górze przez kilka miesięcy".

„Nowe, lepsze".

„W takim razie musielibyśmy iść tędy" – powiedziałem, skręcając w lewo i kierując się słabo oświetlonym korytarzem, a moje tętno rosło z każdym krokiem.

Jego oddech stał się cięższy, gdy szedł za mną.

Nasze buty stukały na podłodze w piwnicy, a dźwięk był stłumiony przez otaczające nas półki z książkami.

Nad nami światło brzęczało i migotało.

Zanotowałem sobie w pamięci, żeby zgłosić uszkodzoną żarówkę.

„Jak nazywała się ta książka?"

„Nie mogę znaleźć mojej notatki. Ale autor zaczął od E i nazwiska Sanders, Erika? Poznałbym tytuł, gdybym go zobaczył".

Wskazałem na zestaw półek po drugiej stronie pokoju.

– W takim razie może najlepiej będzie zacząć od tego.

– Po tym, jak tęsknisz.

Poczułam jego dłoń na plecach, gdy zbliżaliśmy się do właściwej części.

Zamknęłam na chwilę oczy, chcąc jęczeć.

Wydawało mi się, że minęło dużo czasu, odkąd poczułam jego dotyk, mimo że był dopiero wcześnie rano.

Przez koszulkę czułam ciepło jego skóry spalające moją.

– Mógłbym pomóc ci szukać, gdybyś dał mi wskazówkę. Może słówko?

„Seks. Myślę, że to miało coś wspólnego z seksem".

Jego głos był cichym szeptem tuż przy moim uchu.

Potem przycisnął się do mnie, popychając mnie w stronę małego biurka na końcu korytarza.

Kiedy nie mogłam iść dalej, zwiększył nacisk na moją dolną część pleców i przechylił mnie do przodu.

„Ale moje zainteresowanie czytaniem obecnie maleje. Wolę tego doświadczyć".

Westchnęłam, chwytając się krawędzi biurka, żeby się uspokoić.

Moje piersi uderzyły o zimny, twardy dach.

Jęknęłam, gdy poczułam jego podniecenie przez jego spodnie i spódnicę, gdy powoli ocierał się o mnie od tyłu.

Przełknęłam ślinę, gdy jego dłoń przesunęła się dalej na południe, pieszcząc mój tyłek.

Przylegająca do spódnicy.

Zsuwam majtki do kolan.

Kiedy jego palce musnęły moją cipkę, wciskając się pomiędzy moje spuchnięte wargi, jęknęłam głośno.

„ Ciii ”

Kontynuował głaskanie mnie tak powoli, że to doprowadzało mnie do szaleństwa.

Drugą ręką bawił się moimi włosami, rozluźniając kok, który starannie ułożył dziś rano.

Zagryzłem dolną wargę i oparłem policzek o biurko.

Znowu jęknęłam, gdy jego dłoń zniknęła spomiędzy moich nóg.

„Bądź grzeczną dziewczynką. Nie ruszaj się”.

Usłyszałam, jak odpina pasek i rozpina spodnie.

Usłyszałam jego ciche westchnienie, gdy prawdopodobnie uwolnił swojego kutasa z więzów bokserek.

Słyszałam w uszach dzikie bicie własnego serca.

„A teraz pamiętaj, panienko, jesteśmy w bibliotece. Słyszałam, że obowiązują surowe zasady dotyczące wydawania głośnych dźwięków. A kara za złamanie tych zasad... cóż, jestem pewien, że zdajesz sobie sprawę, jakie obowiązki wiążą się z byciem bibliotekarzem i tak dalej.” „.

Jego palce ponownie pieściły moją cipkę.

Ale coś było nie tak.

Obiema rękami chwycił moje biodra.

Jęknęłam z radości, gdy zdałam sobie sprawę, że to jego kutas mnie tam masuje.

Rozległ się głośny trzask, który uderzył w moje nagie pośladki, przez co podskoczyłam i krzyknęłam.

– Zadałem ci pytanie, panienko.

– Przepraszam, proszę pana.

"Czy jesteś podekscytowany?"

"Tak jest."

Naciskał do przodu, jego kutas penetrował go tak lekko, jak kołysał biodrami w przód i w tył.

Rozłożyłem nogi tak szeroko, jak tylko mogłem, majtkami wciąż ściskając kolana.

Kiedy był już we mnie całkowicie, przeniósł rękę na moje plecy.

Drugą ręką owinął moje luźne włosy i pociągnął.

Krzyknęłam i spojrzałam na zimną szarą ścianę.

Miał to we mnie tak duże, że rozciągało mnie szeroko.

Dysząc, wchodził i wychodził spokojnie.

Znów klepnął mnie w tyłek, a potem ponownie pochylił mnie nad biurkiem.

„To dobra dziewczynka. Ładna i zwarta. Bardzo mokra. Takie, jakie lubi twój pan".

Jęknęłam, a moje ciało błagało go, aby doprowadził mnie do orgazmu.

Znów kołysałam się przeciwko niemu, podążając za jego rytmem.

Dzięki temu zdobyłem kolejny hit.

„Nie ruszaj się, Maleńka. Robię sobie z ciebie jaja. Później dostaniesz swoją szansę. I zamknij się".

Starałem się nie hałasować.

Bardzo się starałem.

Wiedziałem, że w bibliotece są inni ludzie, ale nikt zwykle nie schodził do piwnicy.

Ale ze wszystkich dni, w których ktoś tu zawędruje, dzisiaj może być ten dzień.

A jednak chciałam też, żeby ktoś przyłapał nas na ruchaniu, żebym mogła objąć tę cząstkę ekshibicjonizmu ukrytą gdzieś we mnie.

Jednakże, kiedy zanurkował i wyciągnął się, ciągnąc mnie za włosy, nie mogłam powstrzymać się od jęczenia i wstrzymywania oddechu.

Krzyknęłam, kiedy postanowił mnie uderzyć.

Pieprzył mnie przez kilka długich minut.

To było takie dobre uczucie.

Jednak pod tym kątem nie mogła osiągnąć orgazmu.

I on o tym wiedział.

Puścił moje plecy, wciąż trzymając mnie za włosy, i klepnął mnie w tyłek.

Mocny.

Jego głos zasyczał, gdy zapytał:

– Podoba ci się to, kochanie?

warknąłem.

„Tak proszę pana! Bardzo mi się to podoba”

– Tak, co, maleńka?

Znowu mnie uderzyło.

Ostre dźwięki i krótki ból, gdy jego dłoń dotknęła mojej nagiej skóry, rywalizowały z moimi krzykami.

Zwłaszcza, że nadal wpychał swojego wielkiego kutasa w moją cipkę.

Nie mogłem myśleć.

Nie mogłem mówić.

"Czekam."

Kolejny cios.

„Jeśli kocham!" sapnęłam.

"Dobra dziewczynka."

Jego wolna ręka wsunęła się pode mnie i pieściła moją łechtaczkę.

Krzyknęłam, gdy moje ciało się trzęsło.

Ale to nie wystarczyło czasu.

Jego ręka zniknęła i nagle wycofał się całkowicie.

„Wstań, Maleńka, i odwróć się".

Kiedy słuchałem, moje nogi zdrętwiały.

Na chwilę oparłem tyłek o biurko, ale natychmiast znów się wyprostowałem , krzywiąc się.

Nie sądziłam, że uda mi się usiąść na kilka godzin.

"Rozbieraj się."

Otworzyłam usta, ale zamknęłam je, gdy zobaczyłam, jak pochyla głowę i patrzy na mnie przez oprawę okularów przeciwsłonecznych.

Rozpięłam zamek spódnicy i zsunęłam ją, ściągając przy tym majtki.

Rozpięłam bluzkę, zdjęłam ją i dodałam stanik do rosnącej sterty na podłodze.

Patrzył na mnie z uśmiechem na ustach, wysuwając język za każdym razem, gdy odsłaniał więcej mojej skóry.

Następnie poluzował krawat i puścił go.

Pokręcił palcem w powietrzu.

Odwróciłem się jeszcze raz.

W milczeniu ujął moje ręce, ciągnąc je za plecy i zawiązując krawatem.

Potem dotknął mojego ramienia i znów stanęłam twarzą w twarz z nim.

"Przechylić się do tyłu."

Zagryzłem dolną wargę, ale posłuchałem.

Tyłek nadal bardzo mnie bolał, zwłaszcza że krawędź biurka wbijała się w posiniaczone mięśnie.

A teraz, mając ręce związane za plecami, nie mogłam ich używać do podtrzymywania ciała.

„Rozłóż nogi. Dobra dziewczynka.”

Położył lewą rękę na moim prawym ramieniu, aby mnie zrównoważyć, a następnie zakrył moją cipkę drugą ręką.

Zamknęłam oczy, gdy jego dwa palce wcisnęły się pomiędzy moje spuchnięte wargi, masując moją łechtaczkę.

Pozwoliłam głowie opaść do tyłu i odeszłam od niego w stronę ściany za mną.

Rozsunął moje nogi jeszcze bardziej i podniósł moją cipkę, aby jego palce mogły ją pieścić głębiej.

Zapomniałem zupełnie o bólu.

I jaka byłam bezbronna, gdyby ktoś nas złapał.

Jedyne, o czym mogłem myśleć, to dotarcie do tego klifu i upadek na głowę.

Wspinał się, wspinał i wspinał się... jęczał, kiedy kiwałam głową.

„Och, maleńka. Co ci mówiłem o ciszy?”

Westchnęłam, gdy wyciągnął rękę i postawił mnie na nogi.

"Na kolana."

Jęknęłam, gdy pomógł mi stanąć na kolanach.

Moje dłonie spoczęły na obolałym pośladku.

Krawędzie jego krawata muskały tył moich ud.

Wciąż czułam ukłucie jego dotyku i ciepło mojej skóry w miejscu, gdzie wcześniej znajdowały się jego dłonie.

Moja cipka zacisnęła się z powodu pustki, która tam była.

„Otwórz usta”.

Odchyliłem głowę do tyłu i opadłem szczękę.

"Dobra dziewczynka."

Przez chwilę pieścił mój policzek grzbietami palców.

Potem włożył kciuk do moich ust, zwilżył go językiem i potarł palcem moją dolną wargę.

„Jesteś cholernie cudowna, moja pani. Moja dziewczyno".

Powiedziawszy to, podniósł swojego penisa i zastąpił kciuk główką penisa.

„Liż to".

Wysunęłam język i pokryłam jego czubek śliną.

Pocierał swojego kutasa tam i z powrotem oraz wokół moich ust.

A potem jęknąłem.

„Co mam teraz zrobić z tymi dźwiękami, które wydajesz?"

Ujął mój podbródek, delikatnie pociągnął, abym otworzyła się szerzej, a następnie wsunął swojego penisa do moich ust, aż spoczął na moim języku.

– Tak, to mogłoby sprawić, że się zamkniesz.

Zamrugałam, ale nie spuszczałam wzroku z jego twarzy.

W jego uśmiechu widziałam swoje odbicie w okularach i znowu jęknęłam.

Wsunął swojego kutasa głębiej w moje usta, przez co poczułam odruch wymiotny.

Wycofał się powoli i wszedł ponownie.

Raz za razem wypełniał moje usta, a jego sztywna skóra ocierała się o moje mokre wargi.

Wyciągnął się całkowicie i kilka razy uderzył swoim kutasem w moje usta.

"Weź głęboki oddech."

Zamknęłam usta i przełknęłam, smakując teraz własne płyny i jego spermę na języku, a potem ponownie je otworzyłam.

„Co za dobra dziewczyna".

Zaczął ponownie wsuwać swojego kutasa do moich ust, kładąc ręce po obu stronach mojej głowy.

Potem poruszał biodrami w przód i w tył, pieprząc moje usta, jakby miał moją cipkę.

Kontynuował przez kilka długich minut, jedną ręką łapiąc mnie za włosy i trzymając moją głowę do tyłu.

Od czasu do czasu kazał mi ssać lub polizać samą koronę.

I czasami zatrzymywał się, zakopując swojego kutasa tak głęboko, że czułam go w gardle i czułam jego jądra na brodzie, a pikantny zapach jego męskości wdzierał się do mojego nosa.

Sięgnął w dół i uszczypnął mój sutek lub pieścił moją pierś kilka razy, ale nigdy nie pozostawał zbyt długo, zawsze wypełniając moje usta swoim kutasem na głębokość i prędkość, jakiej pragnęłam.

Jęczałam i jęczałam, ale wydawane przeze mnie dźwięki były teraz stłumione.

Przez cały czas szeptał słowa zachęty.

„To grzeczna dziewczynka twojego pana. Boże, jak miło jest mieć swoje usta owinięte wokół mojego fiuta. Tak, kochanie. Właśnie tak. Mmmm. Tak trzymaj".

Przy całym tym ruchu okulary zsunęły mi się z nosa.

„Spójrz na mnie, Maleńka. Och, kochanie, jesteś taki cholernie gorący. Mój kutas w twoich ustach, twoje oczy na mnie. Jesteś taki bezradny, zdany na moją łaskę. I te okulary. O cholera!"

Pieprzył mnie jeszcze kilka razy, a potem poczułam, jak jego gorąca sperma uderzyła mnie w gardło.

Trzymał moją głowę nieruchomo, jego kutas przyciskał mój język i podniebienie.

Kiedy skończył, powiedział:

„Wyliż to. Zostaw to czyste, kochanie".

Robiłem co mogłem, nie używając rąk.

„To jest moja dobra dziewczynka".

Gładził moje włosy, aż był usatysfakcjonowany.

Pomógł mi wstać i posadził mnie na biurku.

Zanim zdążyłam zareagować, włożył rękę w moją cipkę i zakrył moje usta swoimi, uciszając mój krzyk zaskoczenia.

Drugą ręką zakrył jedną z moich piersi i na koniec pogłaskał dłonią mój obolały sutek.

„Spuść się na swojego pana, kochanie" – wyszeptał, pozwalając mi oddychać.

Potem znów mnie pocałował, naciskając swój język na mój, w tym samym czasie jego palce bawiły się moją łechtaczką.

Tym razem wspiąłem się na ten klif i w końcu upadłem, a moje ciało drżało pod nim.

Przełknął moje krzyki, swoim ciałem przykrywając moje, przyciskając mnie do biurka i ściany, dopóki nie leżałam nieruchomo pod nim.

Zamrugałam, gdy się cofnął, włożył penisa do kieszeni i wygładził ubranie.

Pomógł mi wstać i rozwiązał moje nadgarstki.

„Ubieraj się, maleńka. Popraw włosy".

W oszołomieniu podniosłam swoje ubrania z podłogi.

Szybko związałam włosy w kok i poprawiłam okulary.

Kiedy już się ubrałam, dotknął mojego policzka i uśmiechnął się do mnie.

„A teraz o tej książce, której szukałem..."

Odchrząknęłam i wyciągnęłam z półki przypadkową książkę.

– Myślę, że to jest ten, którego chciałeś, proszę pana. Przez cały czas był tu na widoku.

„Jakże masz rację, panienko. Tak się cieszę, że jest kompetentny bibliotekarz, kiedy go potrzebujesz".

„Kiedy tylko chcesz, proszę pana" – uśmiechnąłem się i opuściłem półki. „Kiedykolwiek chcesz, jestem tu, aby służyć Ci we wszystkim, czego potrzebujesz".

POŻĄDANIE SEKSUALNE

27

Kochanie, chcę, żebyś usiadła przed komputerem i pokazała obraz, element wizualny, jak cipkę.

Nie twarz i ciało, tylko ugięte kolana i rozłożone nogi.

Z długimi i pięknymi, eleganckimi palcami, które lekko oddzielają wargi pochwy.

Wyobraź sobie, że wchodzę i siedzę przy tym biurku w pełni ubrany.

po obu stronach stopy w czarnych skórzanych butach na wysokim obcasie, zakrywających kostkę i ze szpiczastymi noskami .

Odchylasz się do tyłu i uśmiechasz, a ja też się uśmiecham.

Podnoszę moją cienką, jedwabiście czarną sukienkę i widzę, że brakuje mi majtek, a połysk mojej wilgoci na rozcięciu jest już zauważalny.

Zobaczysz czubek czarnego gorsetu, do którego przymocowane są także pończochy.

Podnoszę suknię obiema rękami do góry, ściągam ją przez głowę i odsłaniam przed Państwem skórzany gorset o szerokości zaledwie kilku centymetrów.

Moje sutki są wyprostowane i wysokie, a jednocześnie wystają z góry.

Pochylasz się, ale jestem tu, żeby się z tobą bawić i używam moich spiczastych butów, żeby utrzymać cię tam, gdzie jesteś.

Widzę zauważalnie rosnącego kutasa, który musi wyjść ze spodni i proszę o ich rozpięcie.

Przesuwam językiem po wargach wzdłuż ich długości, uśmiechając się, gdy zsuwasz spodnie.

Główka twojego kutasa wystaje z bokserek i ona również ma nieco wymagający połysk.

Dzieje się tak nie bez powodu.

Ten widok Twojego wyprostowanego kutasa nagle mnie podnieca i proszę Cię o polizanie.

Pochylasz się do przodu i robisz to, lekko rozchylając moje usta, aby znaleźć moją łechtaczkę.

Bierze się go do ust, więc trochę bardziej wystaje.

Potrzebowałem tylko dotyku twojego języka, żeby mnie ruszyć.

Kiedy już się uspokoję, proszę, żebyś wziął kutasa w drugą rękę i lekko go pogłaskał.

Robisz to, ale mogę Ci powiedzieć, że potrzebujesz więcej, to nie wystarczy.

Zmuszam Cię do uklęknięcia, aby wziąć Cię całkowicie do ust, naprzemiennie liżąc od nasady do góry, od góry do dołu i z powrotem do jąder, liżąc wnętrze miejsca, gdzie znajduje się krocze.

Podoba ci się to, co widzisz, kiedy klęczę. Mój tyłek jest chudy i szeroki na kilka cali, a odbyt jest napięty i przyjemny.

Wstaję ponownie, bo jestem już zbyt blisko orgazmu.

Podnoszę cię, a twoje spodnie sięgają poniżej kolan.

Nadal masz na sobie buty, krawat wciąż zawiązany, ale koszulę rozpiętą do samego końca.

Uwielbiam widzieć jak najwięcej twojej skóry.

Teraz, gdy już stoisz, proszę Cię, abyś odwrócił się do mnie tyłem

.

Obyś rozłożył nogi na tyle, żebym mógł uklęknąć za tobą.

Mój język liże Twoje nogi, liże jądra, a nawet tyłeczek, liże i wiruje językiem wokół Twojego odbytu.

Wyciągam z torby wibrator i pytam, czy mogę go na Tobie użyć, ale zanim odpowiesz, przykładam go do Twojej skóry.

Ustami zostawiam ślinę po całej Twojej dupie, żeby wszystko było nawilżone.

Ustawiam go na małą prędkość i przesuwam go po twoich jądrach oraz pomiędzy twoimi jąłami a twoją dziurą w dupie.

Moja druga ręka przechodzi między Twoimi nogami i chwyta Twojego kutasa, gładząc go i wachlując.

Wibrator dobrze leży w Twojej dupie.

Kładę go obok Twojego odbytu i wsuwam jedną z dwóch końcówek, tę cienką, która też jest moją ulubioną.

To się wsuwa i ponownie umieszczam drugą końcówkę bardziej w centrum, za twoimi jądrami, obserwując, jak doznanie przenosi cię na inny poziom.

Twoje dłonie trzymają się biurka, a twoje oczy są zamknięte i poddajesz się temu, co chcę zrobić.

Ale pozostaję tak, głaszcząc przez chwilę, pozwalając, by szum sprawił, że zastanawiasz się, co będzie dalej.

Zatrzymuję się gwałtownie i mówię, żebyś się odwrócił.

Robisz to i twoja twarz się rumieni.

Naprawdę ci się to podobało i zbliżałeś się do stanu, którego pragniesz.

Ale wolę zwolnić, żeby zabrać cię z powrotem do moich ust.

Gorąco mi jak cholera i tracę trochę kontroli.

Więc każę Ci ponownie usiąść i klękam przed Tobą i proszę Cię, abyś się pieścił, ale powoli.

– Pieść się, kochanie.

Kiedy klękam przed tobą i opieram się na piętach.

Włączam wibrator i masuję nim zewnętrzną część pochwy, nad łechtaczką.

Osiągnięcie orgazmu zajmuje mi mniej niż sekundę.

Mam rozłożone nogi i kolana, odchylam głowę do tyłu i rozszerzam cipkę rękami, chcąc, żebyś zobaczył, jak poruszają się moje mięśnie orgazmu.

Trzymam wibrator, aż skończę i moje soki się wylewają.

Patrzę na ciebie, a ty się masturbujesz, zwiększając tempo.

Twoje tempo przyspieszyło i jest to tak ekscytujące, że klęczę i błagam, żebyś spuścił się na moją twarz i klatkę piersiową.

I tak, z pewnością, tak to robisz.

Widzę, jak strumienie Twojego mleka płyną w moją stronę.

Ale kończy się to na tryskaniu na ekran komputera i klawiaturę .

Żegnamy się do innego razu i wyłączasz kamerkę.

WITAJ WILGOTNOŚĆ

33

Glenn wraca do domu po ciężkim dniu w pracy i zostawia teczkę i płaszcz pod drzwiami.

Uważa, że w domu jest wyjątkowo cicho, ale nie zwraca na to większej uwagi i udaje się do sypialni.

Wchodząc po schodach czuje cudowny zapach perfum swojej ukochanej żony Susan.

Kiedy dociera do półpiętra, słyszy słabe dźwięki muzyki wydobywające się cicho przez drzwi do jego pokoju.

Uważając, żeby nie narobić hałasu, powoli otwiera drzwi.

„Zuzanno?" Mówi dość głębokim męskim głosem.

Gdy drzwi otwierają się coraz szerzej, widok jego nagiego ciała leżącego na łóżku wywołuje dreszcze.

"Tak kochanie." – mówi zmysłowym głosem.

Zaczyna iść w stronę łóżka, ale ona każe mu się zatrzymać.

Zaskoczony robi, co mu każą, wiedząc, że ona ma coś na głowie.

Wstaje z łóżka.

Jego ciało porusza się z wielką gracją.

Nie może powstrzymać się od skupienia się na jej pysznej piersi poruszającej się lekko, gdy podchodzi do niego.

Czuje, jak jego kutas twardnieje, gdy przychodzą mu do głowy myśli

"Ona jest tak piękna".

Wyciąga ręce i rozpina mu pasek.

Także spodnie, rozpina je i opuszcza.

To sprawia, że trzęsie się z podniecenia.

Widząc go tak podekscytowanego, uśmiecha się i ściąga mu bokserki, czując głód ssania jego twardego członka.

Delikatnie kładzie dłonie na jego teraz wyprostowanym kutasie i powoli go głaszcze.

Następnie wystawia język i liże głowę, zanim włoży ją do ust.

Jęczy, gdy ona zaczyna ssać jego twardego kutasa.

Wsuwał i wyjmował go z ust coraz szybciej.

Następnie powoli wraca do wolnego tempa i kręci językiem po głowie, gładząc ją dłonią.

Jęczy, gdy jej dłoń pieści różową główkę jego kutasa.

Następnie liże jego jądra aż do czubka kutasa.

Wyjmuje go z ust i wstaje, by go namiętnie pocałować, jednocześnie zdejmując mu koszulę.

Obejmuje ją ciepłymi ramionami, przyciągając ją bliżej siebie, czując, jak jej piersi przyciskają się do jego klatki piersiowej.

Kiedy się całują, jego dłonie przesuwają się po jej ciele, czując jej miękką skórę pod opuszkami palców.

Jego ręce przesuwają się po jej tyłku i mocno go ściska.

Podnosi ją za tyłek, owijając jej nogi wokół swojej talii i przesuwa się w stronę łóżka.

Delikatnie ją kładzie i przesuwa się na nią.

Całuje ją głęboko, aż do szyi i klatki piersiowej.

Powoli liże jej prawą pierś, zbliżając się do jej już wyprostowanego sutka.

Wkłada jej sutek do ust i ssie go, delikatnie przygryzając.

Przechodząc do drugiej piersi, sięga w dół i zaczyna masować jej łechtaczkę, powodując jej przyspieszony oddech i lekkie jęczenie.

Pociera szybciej, całując jej brzuch, skupiając się na pępku.

Czuje, że robi się bardzo mokra i jej oddech przyspiesza.

Całuje jej uroczy wzgórek, a potem zastępuje palce językiem.

Delikatnie ssanie i gryzienie jej łechtaczki.

To wysyła ją na falę przyjemności, jęcząc.

Następnie wkłada palec, który przebiega obok jej spuchniętych warg sromowych, w to sekretne, śliskie miejsce.

Powoli wsuwa i wysuwa palec, a potem szybko wkłada kolejny, gdy ona jęczy.

Nadal koncentruje się na ssaniu jej łechtaczki, podczas gdy jego palce delikatnie uderzają w to szczególne miejsce w niej, które, jak wie, doprowadza ją do całkowitego szaleństwa.

Jęczy głośno i czuje mrowienie od prawej nogi w górę i wokół ciała, aż do lewej nogi.

"Oh kochanie!" jęczy: „To takie przyjemne!"

Glenn wie, że jeśli dalej tak będzie, ona na pewno przekroczy granicę, więc zwalnia i całuje ją z powrotem, by pożreć jej usta.

Dzielą się namiętnym pocałunkiem.

Ich języki tańczą razem.

Zdejmując palce z jej mokrej już cipki, zaczyna masować jej prawą pierś.

Jej jęki stłumione przez pocałunki.

Pocałunek zostaje przerwany, a ona szepcze mu do ucha:

„Potrzebuję Cię we mnie, kochanie".

Wzmianka o jego twardym kutasie wsuwającym się w mokrą cipkę kochanka sprawia, że jęczy z pożądania i przesuwa się na nią.

Rozsuwając jej nogi biodrami, ustawia się tak, aby w nią wejść.

Bawiąc się nim, wkłada samą główkę, a następnie powoli ją wyjmuje.

„Proszę, oddaj mi to wszystko". Ona go błaga, ale on zwycięża i dotrzymuje tempa gry, wkładając jedynie końcówkę i wyciągając ją, gdy zaczyna jęczeć.

Wreszcie, w nieoczekiwanym momencie, wpycha swojego twardego członka aż do jej krzyku.

Zaczyna wsuwać się w nią powoli, długimi, mocnymi pociągnięciami.

Zaczyna głaskać mocniej i szybciej, ciągnąc jej tyłek w celu głębszej penetracji.

„O Boże, czujesz się we mnie tak dobrze. Tak bardzo cię kocham, kiedy pieprzysz moją cipkę".

Na to warczy i nagle się wycofuje.

Gestem nakazuje jej się odwrócić, a ona szybko to robi, podekscytowana.

Wie, że wejście do niej od tyłu to jedna z jej ulubionych pozycji i uwielbia też dawać jej to w ten sposób.

Wkłada w nią swojego kutasa i zaczyna mocno i szybko pchać.

Jęczy głośno, mówiąc mu głośniej.

Uwielbia pieprzyć swoją uroczą żonę, więc zaczyna być wobec niej bardziej brutalny.

Jego ciało i jądra uderzały w jej teraz czerwoną dupę.

Zaczyna ponownie napierać na jego pchnięcia, sprawiając, że jego kutas wchodzi jeszcze głębiej.

Oboje jęczą z przyjemności.

„Och, idę do spermy, kochanie. Jesteś gotowy na moją spermę?"

„O tak, kochanie, ja też się dojdę".

Jeszcze kilka pociągnięć i Susan krzyczy z przyjemności, a jej ciało zaczyna się trząść, gdy orgazm ją przytłacza.

Glenn czuje, jak ściany jej cipki zaczynają doić jego kutasa, a on nie może już tego znieść.

Warcząc jej imię, wstrzeliwuje swoją gorącą spermę głęboko w jej teraz kremową i mokrą cipkę.

Susan, wyczerpana jego eksplozją, opiera się na łokciach, gdy czuje, jak wystrzeliwuje w nią jeszcze kilka strumieni spermy.

Zadowolony i starając się nie spaść na nią, powoli odsuwa się od jej cipki i chwyta ją w pasie, ciągnąc ją ze sobą na łóżko.

zaledwie kilka sekund temu przeszły przez ich ciała .

Satysfakcja z wzajemnego poznania utrzymuje się w pokoju, gdy oboje zasypiają w swoich ramionach.

UBRANY STOSOWNIE DO OKAZJI

39

Otaczała ją cisza nocy, przytłaczająca spokojem, próbująca uspokoić niepokój.

To jednak nie mogło jej uspokoić.

Nieokiełznane uczucia, do których nie była przyzwyczajona i których nigdy wcześniej nie doświadczyła , przepłynęły przez jej ciało, wprawiając ją w zdenerwowanie.

Jej obcasy stukały cicho po brukowanej ścieżce, gdy patrzyła w niebo.

Dlaczego tam dzisiaj idziesz?

Dlaczego się tak ubrała?

Poczuła moc, jaką miał na nią jego wzrok.

Westchnęła i pozwoliła swojemu umysłowi przestać myśleć o wydarzeniach, które mogą wydarzyć się dzisiejszej nocy.

* * *

Kiedy wchodziła do sklepu, miała wrażenie, że wszystkie oczy są na nią zwrócone.

Jej szpilki stukały o drewnianą podłogę, gdy przechodziła przez parkiet i zbliżała się do baru.

Spódnica jej czerwono-czarnego stroju kołysała się z boku na bok przy każdym kroku, czerwony pasek opadał na jej kolano, podczas gdy czarny znajdował się kilka cali nad nim.

Bluzka zwisała luźno z jej ramion i piersi, podskakując na tyle, by zwracać na siebie uwagę przy każdym kroku i odsłaniając dużą ilość skóry.

I bez stanika.

Wiedziała, jak wygląda w tym stroju.

Wyglądała jak dziwka.

Całość uzupełniła czarnym koronkowym chokerem na szyi i odrobiną czerwonej szminki.

Usiadł pomiędzy mężczyzną i kobietą i uśmiechnął się do kelnera.

– Cześć, James.

„Samy. Dobrze cię znowu widzieć." Pozwolił swoim oczom powoli przesuwać się po jej twarzy i piersiach. – W sumie bardzo dobrze. A dla kogo jest ta okazja?

Pokręciła głową i uśmiechnęła się, przez co kosmyk loków opadł jej na ucho.

„Nie ma okazji. Po prostu miałam ochotę się tak ubrać".

Sięgnął przez bar i założył jej lok za ucho.

Jego palce musnęły bok jej policzka i prawie zapomniała, jak się oddycha.

– Powinnaś częściej się tak ubierać.

"Może, bedę."

– Dziś wieczorem wyjdę z pracy około jedenastej. Chcesz później zatańczyć?

Powoli skinęła głową, nie mogąc oderwać od niego wzroku.

Z bardzo powolną precyzją pochylił się nad barem i zbliżył swoje usta do jej ust, pogłębiając pocałunek na tyle, by zapragnęła więcej, zanim się odsunął.

– Około dwudziestu minut.

* * *

Te dwadzieścia minut nigdy w życiu Samy'ego nie wydawało się dłuższe.

Cały czas obserwowała wszystko wokół siebie, świadoma każdego jego ruchu, nawet na niego nie patrząc.

Miała wrażenie, że jej zmysły dostroiły się do ciała, a mimo to podskoczyła, gdy dotknął jej tyłu ramienia.

Rozpiął kołnierzyk swojej czarnej koszuli i uśmiechał się do niej, wyciągając rękę.

– Myślę, że jesteś mi winien taniec.

Kiedy położyła swoją dłoń w jego dłoni, przez jej ciało przeszedł niewielki impuls prądu.

Uśmiechnął się, prowadząc ją do rogu parkietu, a następnie przyciągnął ją blisko swojego ciała, gdy piosenka się zmieniła.

To było powolne i uwodzicielskie, a jego bicie zdawało się pasować do jej serca, gdy przyciskała go do siebie.

I właśnie wtedy była doskonale świadoma twardych konturów falujących na jej miękkim ciele.

Objęła go ramionami, przyciskając dłonie do jego miękkich kształtów pośladków, gdy kołysali się w przód i w tył.

Pochylił się i dotknął jej ustami, delikatnie je rozchylając i uwodząc językiem.

Jego dłoń zsunęła się niżej na jej plecy, opierając się na jej biodrze, zsuwając się wystarczająco nisko, by pogłaskać jeden policzek jej tyłka, gdy przyciągnął jej dolną część ciała do swojej.

Westchnęła, gdy poczuła, jak mocno na nią naciskał, i mogła przysiąc, że słyszała jego jęk.

Ale gdy to zrobił, zawołał go drugi kelner, a on westchnął i odchylił głowę do tyłu.

„Samy... zaraz wrócę. Przysięgam, że tak. Nigdzie nie odchodź.”

Skinęła głową nieco głupio, odchodząc od parkietu i udając się do odosobnionej kabiny.

Patrzył, jak James wraca do baru i ponownie nachyla się nad nim, rozmawiając z Josephem.

Joseph był zastępcą barmana na tę noc.

Zawsze przejmował obowiązki, gdy James przechodził na emeryturę.

Kiedy zobaczył, że dołączyła do nich wysoka, długonoga blondynka, zrozumiał coś.

Nie była tego rodzaju dziewczyną.

Nie miałem pojęcia, co robię.

James był typem mężczyzny, dla którego zawsze była dostępna jakaś dziewczyna, wysoka blondynka i super seksowna dziewczyna.

A ona była niska, ciemna i Latynoska.

Wybiegła.

Tak szybko i cicho, jak tylko mógł.

Ruszył w stronę drzwi i kiedy obejrzał się przez ramię, zobaczył blondynkę pochylającą się blisko Jamesa i przesuwającą palcami po jego ramieniu.

Westchnęła i potrząsnęła głową, kontynuując swoją podróż.

Nie byłoby dobrze zatrzymać się i pomyśleć o tym.

Stopy zaczynały ją boleć od pięt, więc zdjęła je i odeszła od brukowanej ścieżki, pozwalając stopom poprowadzić ją na brzeg rzeki, którą tak dobrze znała.

Wbił stopy w brzeg rzeki i przez dłuższą chwilę po prostu patrzył na wodę.

"Co ja sobie myślałem?" W końcu szepnęła.

– Właśnie to chciałbym wiedzieć.

Prawie krzyknęła, kiedy się odwróciła.

James stał za nią ze złością skrzyżowanymi ramionami i marszcząc brwi.

Jednak grymas na twarzy powoli ustąpił wyrazowi zmieszania i troski.

„Samy, płaczesz. Co się stało?"

Odwróciła od niego wzrok i przekroczyła rzekę na drugi trawiasty brzeg.

Nie powinienem był tego robić. Nie powinienem był przychodzić dziś wieczorem do baru tak ubrany. Nie powinienem był myśleć, że mam szansę .

– Samy, o czym do cholery mówisz?

Podszedł i położył jej rękę na ramieniu.

Trzęsła się, było jej zimno.

Pospiesznie zdjął płaszcz i zarzucił go na jej ramiona, stając za nią, by pocierać jej ramiona.

„Wyglądałeś tam pięknie. Chyba zapomniałem, jak musiałem oddychać, kiedy wszedłeś".

„Widziałem kobiety, z którymi zwykle się spotykasz. Nie jestem taki jak one, James. Nie jestem elegancki ani super seksowny. Nie jestem blondynką, wysokim, długonogim ani nie mam idealnego ciała jak oni. Nie mam rozwiązania . „Na to. Nawet nie wiedziałem, co robię". Dokończyła szeptem.

„Naprawdę? Mogłeś mnie tam oszukać."

Odwrócił ją w swoją stronę i pochylił się do przodu, muskając ustami jej szyję.

Zadrżała.

„Twoje ciało wydawało się idealne, kiedy przycisnąłeś mnie do siebie na parkiecie".

Wyciągnął rękę i ujął jej pierś, śledząc zarys jej sutka przez bluzkę.

Trochę ją to przeraziło.

„Wyglądało na to, że wiedzieli, co chcą zrobić, kiedy się całowaliśmy i ściskaliśmy".

Pochylił się nad nią i zmusił ją do upadku, aż leżała na podłodze.

„Pozwól, że ci pokażę, Samy. Pokażę ci, że jesteś kimś więcej, niż myślisz".

Jego usta dotknęły jej ust, po czym zjechały w dół jej szyi i cienkiej bluzki zakrywającej jej piersi.

Oddech uwiązł jej w gardle, gdy jego usta znalazły najpierw jeden sutek, potem drugi, ssąc je powoli, gdy wygięła się w łuk pod jego dotykiem.

Jego palce zręcznie odnalazły brzeg jej koszuli i zaczęły powoli ją podciągać, drażniąc jej skórę, gdy się odsłoniła.

Uniósł go ponad jej piersi i trzymał tuż nad nimi, całując jej prawą pierś, smakując jej skórę.

Jęknęła, gdy James w końcu dotknął wargami grzbietu jej piersi, chwytając sutek zębami i delikatnie go pociągając, po czym zaczął go ssać.

Jęknęła jeszcze głośniej, gdy jego dłoń zaczęła ugniatać jej drugą pierś, wielokrotnie przesuwając dłonią po jej sutku.

"Zobaczysz?" Oddychał na jej skórze. „Jesteś idealną kobietą".

zaczął ją całować, kreśląc językiem kółka wokół jej pępka.

James uśmiechnął się do niej, sięgając po jej spódnicę i zamiast ją obniżyć, podciągnął ją do góry.

Przód odchylił się do tyłu i w następnej chwili składał miękkie, zabawne pocałunki wzdłuż jej gorącego kopca nad majtkami.

Była już mokra.

Poczuła go przez majtki, gdy pocierał ją nosem.

Drżała pod nim, a on delikatnie głaskał jej palce w górę i w dół, używając zębów do zsuwania jej majtek.

Pocałował ją ponownie, bez bariery między ustami a jej cipką.

Zaczął przesuwać język wzdłuż jej szczeliny, a ona jęknęła, jej biodra wygięły się dziko w łuk, więc wcisnął język głęboko w nią, przesuwając nim po jej łechtaczce.

Samy jęknął i wygiął się w łuk na jego języku, rozkosz przepływała przez nią, gdy musnął zębami jej łechtaczkę i wsunął w nią palec.

– Skłamałem – wyszeptał w jej łechtaczkę. „Nie tylko zapomniałem, jak się oddycha".

James delikatnie ssał jej łechtaczkę, jego palec wsuwał się i rozluźniał w jej napięciu.

- Prawie wszedłem w majtki, patrząc na ciebie wcześniej.

Jej palce chwyciły jego włosy, a on uśmiechnął się do jej pochwy, wsuwając w nią drugi palec, wielokrotnie przesuwając językiem po jej łechtaczce, aż jej ciało zadrżało pod jego ustami.

Jego palce głaskały ją do wewnątrz i na zewnątrz, podniecając ją, namawiając jej ciało do odpowiedzi, aż zakołysała się na jego dłoni i języku.

– James – jej głos niemal się załamał, gdy wił się w jego dłoni. „Proszę, nie przestawaj teraz!"

Jego słowa padły miękkim, porozumiewawczym tonem, ale szybko nasiliły się, gdy krzyknęła z przyjemności.

gryzł jej łechtaczkę, a teraz ssał ją mocno, jego palce mocno wpychały się w nią, osiągając orgazm.

Chętnie chłonął jej soki, a gdy drżenie jej ciała ustało,

Kiedy skończył, przesunął się nad nią.

Uśmiechnął się i oparł swoje czoło o jej, pozwalając swoim ciałom ocierać się o jej, gdy patrzył jej w oczy.

„Mówiłam ci, że jesteś taką samą kobietą jak oni, jeśli nie bardziej".

Jego oczy błysnęły czymś, co mogło budzić wątpliwości, gdy spojrzał w oczy Jamesa, ale potem pozwolił swoim palcom przesunąć się po klatce piersiowej iw dół, aż do twardego wybrzuszenia w spodniach.

„To dlatego jest ci tak ciężko?

Ponieważ jestem kobietą taką jak oni?"

Jej palce muskały jego penisa w górę i w dół, a on nie mógł powstrzymać jęku, który wymknął się z jego ust.

Jednakże nie miał szansy odpowiedzieć, gdy jej usta odnalazły jego usta, a wszelkie myśli zostały wymazane z jego umysłu.

Jej palce przesunęły się do jego klatki piersiowej i zręcznie zaczęła rozpinać mu koszulę.

Szybko wyciągnęła go z jego spodni i odepchnęła go na bok, jednocześnie całkowicie ściągając mu koszulę.

Guzik w jego spodniach odskoczył, a zamek błyskawiczny rozsunął się niemal sam.

Ściągnęła mu spodnie i bokserki na tyle, by uwolnić jego kutasa, i owinęła wokół niego swoją małą dłoń, gładząc go powoli, aż jęknął i chętnie przycisnął się do jej dłoni.

Jęknął zirytowany i wstał, jednym ruchem zdejmując spodnie i bokserki i odwracając się twarzą do niej.

Klęczała teraz na kolanach i uśmiechała się do niego, ponownie obejmując go dłonią.

Pochylił się nad nią, obdarzał ją powolnymi pieszczotami i zamykał oczy.

Jednak w następnej chwili rozłożył je, gdy jej usta owinęły się wokół jego penisa, powoli przesuwając je w górę i w dół jego twardego członka.

Teraz położył ręce z tyłu jej głowy i powoli zaczął wsuwać ją do ust i wysuwać z nich, jęcząc, gdy ssała go przy każdym ruchu.

Nie trwało długo, zanim delikatne muśnięcia stały się szybkie i krótkie. Samy ssał go mocniej, im szybciej poruszał głową.

Jej dłoń pieściła jego jądra, poruszała nimi tam i z powrotem, a jej usta zacisnęły się wokół niego.

Kiedy bawiła się językiem na główce jego kutasa, eksplodował w jej ustach.

Przełknęła szybko, gdy posłał w nią swój ładunek, przyciskając jej usta i gardło do jego kutasa, sprawiając, że dochodził jeszcze mocniej i z większą ilością zrywów, aż w końcu się wyczerpał.

Powoli wysunęła kutasa z ust i opuściła wzrok na podłogę.

Upadł przed nią na kolana i położył dłoń na jej policzku.

Byli zaledwie krok od nich, kiedy palec Jamesa przesunął palcem po jej twarzy, zanurzając palec pod jej brodą i podnosząc jej oczy na swoje.

– Jeszcze nie skończyliśmy.

Jego głos był tak niski, że dreszcze przebiegły jej po plecach, gdy patrzyła na niego ze zdumieniem.

Pochylił się i przywarł do niej ustami, szybko pogłębiając pocałunek.

Kiedy jego język przesunął się obok jej warg, dłoń przesunęła się za nią, przyciągając ją do siebie, tak że stykali się ciałem z ciałem.

Jej sutki błogo przyciskały się do jego klatki piersiowej, a jego nowa erekcja mocno przyciskała dolną część brzucha.

Poruszyła się i powoli pocierała go swoim ciałem, przez co jęknął, gdy ich pocałunek stał się gorączkowy.

Położył ją z powrotem i podciągnął spódnicę pod nogi.

Patrzył na nią przez dłuższą chwilę, zanim się poruszył.

Znów się nad nią pochylił i złożył lekki pocałunek na jej brzuchu, tuż nad pępkiem.

Uśmiechnął się do jej ciepłej skóry i zaczął całować w górę, odwracając swoje dotychczasowe działania.

Jego usta ledwo dotknęły jej piersi, po czym osiadły na szyi i pieściły bicie jej serca.

Pulsował między jej nogami, jego członek przyciskał się do jej mokrej szczeliny, gdy owinęła nogi wokół jego talii, a on objął ją ramionami.

Jednym szybkim ruchem James usiadł z nią na kolanach i, o ile to było możliwe, wcisnął w nią swojego kutasa jeszcze głębiej.

Poruszyła się lekko, a on jęknął.

Całował ją, aż sięgnął tuż pod jej ucho i delikatnie pociągnął za płatek.

„Powiedz mi, Samy, chcesz tego?"

Jego oddech był gorący na jej skórze i zadrżała.

„Czy chcesz, żeby mój duży, twardy kutas był w tobie zakopany?"

Odpowiedź Samy zabrzmiała prawie jak jęk, gdy ocierała się o niego.

„Tak. Proszę, James, chciałam tego od...", ale szybko przestała, z rumieńcami na policzkach, i odwróciła wzrok.

James nie miał o tym pojęcia.

Zmusił się do spojrzenia z powrotem na nią i oparł o nią swoją erekcję.

– Dokończ, co mówiłeś.

Jęknęła, a jej paznokcie wbiły się lekko w jego skórę.

– Pragnąłem tego, odkąd cię poznałem.

– W takim razie powiedz mi, jak bardzo tego chcesz.

To nie było żądanie, raczej prośba, gdy przesuwał palcami po jej piersiach, powoli ugniatając jej ciało.

Poczuł jej ciepło promieniujące na jego kutasa i robił wszystko, co w jego mocy, żeby go po prostu nie wyrzucić i nie wziąć.

Jej odpowiedź zaskoczyła go i zniweczyła całą samokontrolę, której używał.

„Nie chcę tego. Potrzebuję tego, James".

Jej oczy były teraz utkwione w jego oczach, a on jęknął cicho w jej skórę, gdy mocniej się przycisnęła.

„Tak bardzo tego potrzebuję, tak długo o tym marzyłem. Proszę. Chcę, żebyś mnie przeleciał".

Nie mogłam mu już tego odmówić.

Po tym nie mógł już dłużej się powstrzymywać.

Podniósł ją, aż główka jego penisa dotknęła jej otworu, po czym szybko rzucił ją na nią.

Oboje jęknęli.

Jej cipka była tak ciasna wokół jego kutasa, że kiedy zaczął nią poruszać w górę i w dół na swoim członku, jego twarda długość wydawała się jeszcze większa zamknięta w niej.

Jęknęła i używając nóg jako dźwigni, zaczęła odbijać się od jego kutasa.

Jej piersi swobodnie o niego podskakiwały, a sutki zapraszały go do siebie, gdy pochylił się do przodu i zaczął ssać.

Jęknęła i zaczęła szybciej podskakiwać na jego kutasie, wpychając się raz po raz.

Jego usta drażniły jej sutki, wciągając je i ssąc, a następnie przesuwał po nich językiem i skubał, gdy podskakiwała , jęcząc przy jej skórze, wysyłając wibracje przez ukąszenia.

Jej cipka była tak mokra, że wilgoć spływała po jego kutasie, a on jęknął, gdy celowo zacisnęła wokół niego swoją szczelinę, sprawiając, że stawiał jej większy opór.

Przechylił ich oboje tak, że znów leżała na plecach na trawie i zaczął mocno wsuwać i wysuwać swojego kutasa.

Samy jęknęła jeszcze głośniej, wbijając paznokcie w plecy, gdy kolejne mocne pchnięcie doprowadziło ją z powrotem do orgazmu.

Ciasny skurcz wokół jego kutasa szybko sprawił, że James też doszedł, a on uderzył w nią jeszcze szybciej, jęcząc, gdy jego gorąca sperma ją wypełniła, aż spłynęła po udach.

Upadł na bok, dysząc.

Następnie przyciągnął ją do siebie i złożył delikatne pocałunki na jej policzku.

„Czy minie kolejne pięć lat, zanim odważysz się zrobić to ponownie?”

Uśmiechnął się i pocałował kącik jej ust.

– Nigdy, Jamesie.

Samy uśmiechnęła się i musnęła swoimi ustami jego usta.

„To dobrze, bo nie sądzę, żebym mógł trzymać ręce z dala od ciebie dłużej niż dzień lub dwa”.

Śmiech Samy odbił się echem po jeziorze, a James uśmiechnął się, usiadł i głęboko ją pocałował.

To z pewnością może być początek czegoś bardzo interesującego.

NIEOCZEKIWANE PRZYJĘCIE

53

Glenn wraca do domu po ciężkim dniu w pracy i zostawia teczkę i płaszcz pod drzwiami.

Uważa, że w domu jest wyjątkowo cicho, ale nie zwraca na to większej uwagi i udaje się do sypialni.

Wchodząc po schodach czuje cudowny zapach perfum swojej ukochanej żony Susan.

Kiedy dociera do półpiętra, słyszy słabe dźwięki muzyki wydobywające się cicho przez drzwi do jego pokoju.

Uważając, żeby nie narobić hałasu, powoli otwiera drzwi.

„Zuzanno?" Mówi dość głębokim męskim głosem.

Gdy drzwi otwierają się coraz szerzej, widok jego nagiego ciała leżącego na łóżku wywołuje dreszcze.

"Tak kochanie." – mówi zmysłowym głosem.

Zaczyna iść w stronę łóżka, ale ona każe mu się zatrzymać.

Zaskoczony robi, co mu każą, wiedząc, że ona ma coś na głowie.

Wstaje z łóżka.

Jego ciało porusza się z wielką gracją.

Nie może powstrzymać się od skupienia się na jej pysznej piersi poruszającej się lekko, gdy podchodzi do niego.

Czuje, jak jego kutas twardnieje, gdy przychodzą mu do głowy myśli

"Ona jest tak piękna".

Wyciąga ręce i rozpina mu pasek.

Także spodnie, rozpina je i opuszcza.

To sprawia, że trzęsie się z podniecenia.

Widząc go tak podekscytowanego, uśmiecha się i ściąga mu bokserki , czując głód ssania jego twardego członka.

Delikatnie kładzie dłonie na jego teraz wyprostowanym kutasie i powoli go głaszcze.

Następnie wystawia język i liże głowę, zanim włoży ją do ust.

Jęczy, gdy ona zaczyna ssać jego twardego kutasa.

Wsuwał i wyjmował go z ust coraz szybciej.

Następnie powoli wraca do wolnego tempa i kręci językiem po głowie, gładząc ją dłonią.

Jęczy, gdy jej dłoń pieści różową główkę jego kutasa.

Następnie liże jego jądra aż do czubka kutasa.

Wyjmuje go z ust i wstaje, by go namiętnie pocałować, jednocześnie zdejmując mu koszulę.

Obejmuje ją ciepłymi ramionami, przyciągając ją bliżej siebie, czując, jak jej piersi przyciskają się do jego klatki piersiowej.

Kiedy się całują, jego dłonie przesuwają się po jej ciele, czując jej miękką skórę pod opuszkami palców.

Jego ręce przesuwają się po jej tyłku i mocno go ściska.

Podnosi ją za tyłek, owijając jej nogi wokół swojej talii i przesuwa się w stronę łóżka.

Delikatnie ją kładzie i przesuwa się na nią.

Całuje ją głęboko, aż do szyi i klatki piersiowej.

Powoli liże jej prawą pierś, zbliżając się do jej już wyprostowanego sutka.

Wkłada jej sutek do ust i ssie go, delikatnie przygryzając.

Przechodząc do drugiej piersi, sięga w dół i zaczyna masować jej łechtaczkę, powodując jej przyspieszony oddech i lekkie jęczenie.

Pociera szybciej, całując jej brzuch, skupiając się na pępku.

Czuje, że robi się bardzo mokra i jej oddech przyspiesza.

Całuje jej uroczy wzgórek, a potem zastępuje palce językiem.

Delikatnie ssanie i gryzienie jej łechtaczki.

To wysyła ją na falę przyjemności, jęcząc.

Następnie wkłada palec, który przebiega obok jej spuchniętych warg sromowych, w to sekretne, śliskie miejsce.

Powoli wsuwa i wysuwa palec, a potem szybko wkłada kolejny, gdy ona jęczy.

Nadal koncentruje się na ssaniu jej łechtaczki, podczas gdy jego palce delikatnie uderzają w to szczególne miejsce w niej, które, jak wie, doprowadza ją do całkowitego szaleństwa.

Jęczy głośno i czuje mrowienie od prawej nogi w górę i wokół ciała, aż do lewej nogi.

"Oh kochanie!" jęczy: „To takie przyjemne!"

Glenn wie, że jeśli dalej tak będzie, ona na pewno przekroczy granicę, więc zwalnia i całuje ją z powrotem, by pożreć jej usta.

Dzielą się namiętnym pocałunkiem.

Ich języki tańczą razem.

Zdejmując palce z jej mokrej już cipki, zaczyna masować jej prawą pierś.

Jej jęki stłumione przez pocałunki.

Pocałunek zostaje przerwany, a ona szepcze mu do ucha:

„Potrzebuję Cię we mnie, kochanie".

Wzmianka o jego twardym kutasie wsuwającym się w mokrą cipkę kochanka sprawia, że jęczy z pożądania i przesuwa się na nią.

Rozsuwając jej nogi biodrami, ustawia się tak, aby w nią wejść.

Bawiąc się nim, wkłada samą główkę, a następnie powoli ją wyjmuje.

„Proszę, oddaj mi to wszystko". Ona go błaga, ale on zwycięża i dotrzymuje tempa gry, wkładając jedynie końcówkę i wyciągając ją, gdy zaczyna jęczeć.

Wreszcie, w nieoczekiwanym momencie, wpycha swojego twardego członka aż do jej krzyku.

Zaczyna wsuwać się w nią powoli, długimi, mocnymi pociągnięciami.

Zaczyna głaskać mocniej i szybciej, ciągnąc jej tyłek w celu głębszej penetracji.

„O Boże, czujesz się we mnie tak dobrze. Tak bardzo cię kocham, kiedy pieprzysz moją cipkę".

Na to warczy i nagle się wycofuje.

Gestem nakazuje jej się odwrócić, a ona szybko to robi, podekscytowana.

Wie, że wejście do niej od tyłu to jedna z jej ulubionych pozycji i uwielbia też dawać jej to w ten sposób.

Wkłada w nią swojego kutasa i zaczyna mocno i szybko pchać.

Jęczy głośno, mówiąc mu głośniej.

Uwielbia pieprzyć swoją uroczą żonę, więc zaczyna być wobec niej bardziej brutalny.

Jego ciało i jądra uderzały w jej teraz czerwoną dupę.

Zaczyna ponownie napierać na jego pchnięcia, sprawiając, że jego kutas wchodzi jeszcze głębiej.

Oboje jęczą z przyjemności.

„Och, idę do spermy, kochanie. Jesteś gotowy na moją spermę?"

„O tak, kochanie, ja też się dojdę".

Jeszcze kilka pociągnięć i Susan krzyczy z przyjemności, a jej ciało zaczyna się trząść, gdy orgazm ją przytłacza.

Glenn czuje, jak ściany jej cipki zaczynają doić jego kutasa, a on nie może już tego znieść.

Warcząc jej imię, wstrzeliwuje swoją gorącą spermę głęboko w jej teraz kremową i mokrą cipkę.

Susan, wyczerpana jego eksplozją, opiera się na łokciach, gdy czuje, jak wystrzeliwuje w nią jeszcze kilka strumieni spermy.

Zadowolony i starając się nie spaść na nią, powoli odsuwa się od jej cipki i chwyta ją w pasie, ciągnąc ją ze sobą na łóżko.

zaledwie kilka sekund temu przeszły przez ich ciała .

Satysfakcja z wzajemnego poznania utrzymuje się w pokoju, gdy oboje zasypiają w swoich ramionach.

NIEZADOWOLONY

59

Jest chłodny poranek.

Muszę iść do pracy, ale nie chce mi się wstawać.

Leżąc tutaj, myślę o kochaniu Cię.

Widzę Twoje oczy patrzące na mnie i uśmiechające się do mnie.

Już czuję ciepło w moim kroczu.

Delikatnie przesuwam dłoń po piersiach, jakby Twoje oczy za nimi podążały.

Moje sutki reagują natychmiast, twardniejąc.

Podnoszę pierś, aby delikatnie wciągnąć sutek do ust.

Czuję, jak Twoje usta zamykają się wokół drugiego sutka i z moich ust wydobywa się głęboki jęk.

Czuję, jak sok zaczyna spływać z wnętrza mojej pochwy.

Przesuwam dłonie po brzuchu, a potem w dół, wyobrażając sobie, jak mnie dotykasz.

Powoli wsuwam środkowy palec w wilgoć i ciepło.

Ściskam palec, jakby twój kutas był głęboko we mnie.

Wsuwając i wysuwając palec, moje biodra zaczynają poruszać się okrężnymi ruchami.

Czuję, że mój palec pragnie więcej doznań, które powstają.

Dłoń złapała sok wydobywający się teraz z mojej pochwy.

Liżę słodki smak dłoni i wsuwam długi palec do ust, wyobrażając sobie, że to twój pyszny kutas.

Powoli otaczam językiem czubek palca, jakby był główką twojego fiuta.

Przesuwam językiem po palcu, okręcając go, aby wychwycić każdy kawałek soku.

Zamykam mocno usta wokół nasady palca, przesuwam usta do czubka i zaczynam przesuwać językiem po czubku palca.

Jak sobie wyobrażasz, że twój kutas jest zakopany w moich ustach?

Patrzę, jak moja głowa porusza się w górę i w dół, jak wciągasz mnie głęboko do gardła, pracując mięśniami ust.

Ssę Twojego kutasa i możesz poczuć, jak mój język i usta ssą Cię tak, jak ja czuję się, jakbym ssał moje sutki.

Mój język porusza się wszędzie , moje mokre usta nieustannie się poruszają, chcąc ssać cię mocniej, szybciej i głębiej.

Jestem bardzo podekscytowany pomysłem poczucia, że jesteś we mnie pogrzebany.

Biorę palec i wsuwam go z powrotem do pochwy, upewniając się, że jest nasiąknięty.

Wyjmuję palec i pocieram nim całą szczelinę, po czym zanurzam go ponownie, aby uzyskać więcej wilgoci.

Tym razem pocieram też moją ciasną tylną dziurkę.

Powoli wsuwam palec do środka i orgazm jest natychmiastowy.

Chciałbym, żebyś pieprzył mnie jednocześnie palcami i kutasem.

Podoba mi się pomysł bycia wypełnionym przez Ciebie.

Przewracam się na brzuch i zaczynam masować łechtaczkę obiema rękami.

Przesuwam dłonie na brzuch, mocno naciskając na mój słodki kopczyk.

Pieprzę się rękami, aż poczuję, że zaczyna się to uczucie.

Uczucie zaczyna się głęboko w środku i sprawia, że zaciskam się, gdy ponownie idę do orgazmu.

Poruszam biodrami szybciej, a stopy się zwijają z potrzebą eksplozji w środku, gdy pieprzę się palcami.

Z ust wydobywa się długi, głęboki, gardłowy jęk, gdy osiągam szczyt i eksploduję.

Wyczerpana leżę na plecach, myślę o tym, czego właśnie doświadczyłam, i znowu czuję podniecenie.

Ciągle zadaję sobie pytanie: „Co to za zaklęcie, które na mnie rzuciłeś"?

Żaden mężczyzna nie podniecił mnie tak bardzo jak ty.

Widzę cię w myślach, kochającego i seksownego mężczyznę, jakim jesteś.

Czuję twoje miękkie, słodkie usta na moich.

Sposób, w jaki twój jedwabisty język zarysowuje moje wargi i delikatne ugryzienie twoich zębów.

Sposób, w jaki twój język wsuwa się głęboko w moje usta i smakuje, jak bardzo jestem głodny ciebie.

Sposób, w jaki Twój język otacza mój i słodka wymiana Twojej śliny miesza się z moją.

Czuję Twoje ciepłe usta, gdy zbliżają się do mojego ucha, i ciepło czubka języka, gdy wsuwają się do środka.

Miękki szept mojego imienia powoduje przypływ spermy prosto do mojej słodkiej cipki, a Twoje usta przesuwają się do moich twardych, wyprostowanych sutków.

Powoli swoim językiem okrążasz mój lewy sutek i dmuchasz tak delikatnie.

Zamykasz usta z powodu mojej reaktywnej twardości, a ja jęczę.

Moja prawa ręka zaczyna przesuwać się po sutkach i unoszę lewą pierś do ust, aby delikatnie ssać sutek, naśladując uczucie, jakie odczuwasz w ustach.

Powoli przesuwam palce po żebrach w kierunku brzucha, a długie, cienkie palce dłoni docierają do słodkiej łechtaczki.

Delikatnie muskam czubkami przycisku, a mój środkowy palec wsuwa się do środka, do pierwszego kostki, aby poczuć wilgoć, która się tam zebrała.

Wsuwam palec głęboko, aby uwolnić twoją spermę i złapać sok miodowy w dłoni.

Zlizuję sok z dłoni, delektując się smakiem i zapachem seksu.

Wsuwam środkowy palec, aż do pierwszej kostki, do ust, wyobrażając sobie, że to główka twojego kutasa.

Powoli mój język wiruje, ponownie smakując sok i wiem, że to twoja precum, próbuję na swoim języku.

Moje gorące, mokre usta przesuwają się po moim palcu, jakby to był twój gorący, spuchnięty członek.

Moje usta zamykają się całkowicie i przesuwają się aż do czubka, gdy moje ciasne usta ssą tylko wyimaginowaną główkę Twojego jedwabistego kutasa.

Kiedy przyspieszam ruchanie palca w ustach, niemal czuję napięcie w twoich jądrach, gdy sperma zaczyna się unosić.

Na samą myśl czuję wilgoć wyciekającą z mojej pochwy i wiem, że muszę się pieprzyć.

Szybko przewracam się na brzuch, sięgając rękami do mojej cipki.

Dociskam je mocno do kopca, opuszkami palców odnajduję łechtaczkę.

Moje biodra zaczynają się powoli obracać, kręcąc i kręcąc, gdy mięśnie stóp i nóg zaczynają się napinać, a moje palce poruszają moją słodką cipką.

Patrzę, jak wchodzisz od tyłu i wyobrażam sobie Twojego kutasa, nasiąkniętego moimi sokami i lśniącego od wilgoci, gdy wsuwa się i wysuwa z mojej pochwy.

Och, kurwa, jestem tak cholernie podniecony, gdy moje palce i dłonie naciskają mocno... tak mocno, jak tylko mogą, gdy osiągam orgazm.

Moje stopy i nogi są zaciśnięte, moje ciało drży od intensywności.

Odwracam się na plecy i wyobrażam sobie Twojego słodkiego, pulsującego kutasa w mojej spragnionej spermy cipce.

Mięśnie mojej pochwy nadal się zaciskają, jakby wysysały spermę z Twojego kutasa.

I wtedy tak, prawie czuję twój gorący język, gdy przesuwa się w górę i w dół mojej szczeliny.

Twoje usta zamykają się na wargach mojej cipki, a szybki ruch twojego języka sprawia, że spuszczam się w twoich ustach.

Wstajesz, siadasz okrakiem na moim ciele i wsuwasz swojego nasiąkniętego spermą kutasa do moich ust.

Delektuję się smakiem naszych zmieszanych soków, ssąc i liżąc czysto.

Opadam na łóżko, moje ciało wciąż się trzęsie i mrowi.

Jakie cudowne uczucie sprawiasz, że czuję się przy tobie.

KONIEC

65

Don't miss out!

Visit the website below and you can sign up to receive emails whenever Erika Sanders publishes a new book. There's no charge and no obligation.

https://books2read.com/r/B-A-IGGS-VTSOC

Connecting independent readers to independent writers.